L'ENJOLIVEUR

Robert Goolrick

L'ENJOLIVEUR

Traduit de l'anglais (États-Unis)
par Marie de Prémonville

Illustrations de Jean-François Martin

Éditions Anne Carrière

Titre original : HUBCAPS

ISBN : 978-2-8433-7824-9

www.anne-carriere.fr

À l'époque dont je vous parle, nos grandes questions métaphysiques tournaient autour des tenues que nos mères nous forçaient à porter, comme ces tennis hideuses exposées en vitrine juste à côté de la paire de nos rêves, ou ces chemises achetées trois tailles trop grandes afin qu'on les « fasse durer », même si les manches devaient être reprises plusieurs fois. À cette époque, les enjoliveurs exerçaient sur nous une fascination infinie.

En principe, leur fonction était d'empêcher la graisse et la poussière de souiller les écrous papillons des roues. Dans la réalité, ils ne faisaient que cacher ces horreurs aux yeux du monde en se couvrant eux-mêmes de graisse et de poussière ; c'est pourquoi tout père digne de ce nom passait ses samedis matin à laver sa voiture afin que, à midi tapant, elle ait l'air de sortir de chez le concessionnaire. Sauf mon père. On aurait dit que notre Nash Rambler venait de nous être rendue par la famille Joad des *Raisins de la colère*. À cette époque, il fallait lustrer les voitures. C'était avant l'invention de la peinture au fini vernis à ongles, à l'épreuve des explosions nucléaires, et qu'il suffit de rincer à la va-vite pour lui rendre sa splendeur et son brillant. En ce temps-là, les bas-côtés des routes ne débordaient pas de pneus énormes et distordus – peut-être que les roues de camion éclataient moins souvent, allez savoir – mais d'enjoliveurs, qui, eux, avaient une inexplicable propension à se faire la malle. De nos jours, on n'en voit pratiquement plus.

C'est ainsi qu'enfants, mes copains et moi, on traînait au bord des routes pour ramasser des enjoliveurs. On les collectionnait, on adorait les briquer jusqu'à ce qu'ils étincellent et dévoilent leur véritable vocation : servir de publicité rotative à la marque de voiture à laquelle ils avaient mystérieusement décidé de fausser compagnie. Une fois nettoyés, ils révélaient une myriade d'usages, tous merveilleux et potentiellement dangereux – notez que les ramasser était déjà périlleux, il suffisait d'entendre les conducteurs nous hurler de dégager la route. Une fois nos prises transformées en casques de la Première Guerre mondiale, on se battait à coups de mottes de terre, et c'est d'ailleurs ainsi que j'ai perdu un morceau de l'oreille gauche. Ça pissait le sang mais, une fois le pansement retiré, je n'étais pas mécontent de mon organe pointu et acéré dont j'appris plus tard que c'était le signe distinctif des sorciers. J'en tirai un crédit non négligeable.

L'enjoliveur faisait également un splendide frisbee, bien qu'impossible à attraper sans risquer l'amputation d'une main ; aussi nous contentions-nous de le lancer aussi fort que possible, et de contempler son vol erratique et argenté. En outre, les frisbees ne seraient inventés qu'en 1957, si bien que, dans le domaine de l'aéronautique, nous étions largement en avance sur notre temps.

Mais notre jeu favori exigeait que ça flambe. Les stations-service ou ateliers de réparation automobile du coin – eux-mêmes bons pour la casse – avaient des murs couverts d'enjoliveurs rouillés exhibés comme des trophées. De quoi ? Telle était la question. Pourtant, ils étaient là, cabossés, graisseux, résumant l'histoire de la voiture américaine, symboles de l'Amérique voyageuse en visite au parc national de Yosemite et autres destinations qui nous paraîtraient à jamais exotiques, atterrissant, après de terrifiants accidents pleins de verre pilé et d'éclaboussures de sang, dans notre petite ville, détour insignifiant sur la route de nulle part, mais certainement pas sur celle du parc national de Yosemite.

Derrière les stations-service et les ateliers, nous entassions, comme les écureuils des noisettes, quantité de bidons d'huile de moteur usagés, pour les emporter dans notre repaire secret que nul adulte ne soupçonnait ; là, nous récoltions laborieusement le pitoyable contenu dans l'un de nos chers enjoliveurs jusqu'à obtenir une petite flaque de liquide visqueux, luisant, d'une couleur verdâtre caractéristique. Restait à y mettre le feu, toujours dans cette fameuse cachette que les adultes, incapables d'imagination, ne découvriraient jamais. Pourtant, le lieu n'était rien qu'ordinaire, comme la plupart des repaires secrets, et n'importe qui aurait pu nous débusquer au fond du jardin de ma grand-mère sous le gros buisson de fougères à l'abandon dont la forme insolite offrait un abri miraculeux, pile à notre taille, et où nous venions, après les batailles de mottes de terre, profiter du repos du guerrier, feuilletant les magazines pornographiques volés sous le lit de mon oncle bizarre – lequel consacrait le plus clair de son temps à vendre au porte-à-porte des cravates à clipser. Ensuite, nous passions aux choses sérieuses, car mettre le feu à de l'huile de récupération dans des enjoliveurs n'était pas chose aisée. Comme nous l'avait appris le *World Book*, le point d'éclair – ah, combien nous aimions cette expression ! – de l'huile de moteur se situait autour de 220 °C, aussi fallait-il d'abord faire des feux de jardin de plus en plus imposants avec tout ce qui nous tombait sous la main, puis associer la composante feu et la composante huile de moteur, ce qui fonctionnait rarement. Mais, quand c'était le cas, le résultat n'était pas tant une belle flambée qu'une épaisse fumée qui nous maculait d'une crasse noire dont la puanteur collait à la peau même après des bains répétés, si bien que nous nous sentions réellement comme les mécanos des ateliers, en salopette malpropre raidie par le cambouis, une Lucky Strike dodelinant au coin des lèvres. Au bout du compte, le jeu en valait la chandelle, même si ma mère nous harcelait de questions quand nous rentrions à la nuit tombée, tandis qu'elle tentait de préparer un rôti de second choix tout en avalant quatre cocktails d'affilée – des questions du genre : « Mais qu'est-ce que vous fichiez, bon sang ? » À quoi nous répondions : « Des trucs », ou bien : « On traînait chez M. Ruley, on l'a regardé changer un joint de culasse. » On n'avait aucune idée de ce que pouvait être un joint de culasse. De même, elle n'avait aucune idée de qui était

M. Ruley, ce qui ne l'empêchait pas de nous conseiller de ne plus y retourner, avant de demander à mon père de sucrer son cocktail.

Puis, un jour, nous avions découvert qu'en volant ne serait-ce que quelques gouttes de carburant dans la tondeuse – rien de plus facile –, l'effet en était autrement satisfaisant : une explosion digne de ce nom, avec émanations âcres qui nous avaient roussi les sourcils et, dans le cas de mon frère, plus âgé, tous les poils des avant-bras.

L'essence avait un point d'éclair à une température ridiculement basse. En fait, il suffisait d'un regard pour la faire exploser. Nous avions libéré un démon, et les risques étaient trop grands, même pour nous. C'est une chose de perdre un morceau d'oreille et de devenir un seigneur de guerre ; c'en est une autre de se retrouver défiguré par une flamme aveuglante. Mais on ne peut refermer le couvercle sur la boîte du savoir, aussi le dilemme était-il simple : ou bien la destruction totale, l'atroce mutilation par le feu, ou bien le renoncement, viril et sans appel, à son usage. Nous avions choisi la seconde solution, même si l'odeur de l'essence était ensorcelante et nous faisait tourner la tête rien qu'à dévisser le bouchon du pot en verre.

Mais toutes ces aventures d'enjoliveurs, aussi exaltantes fussent-elles, prirent fin le jour où l'un d'eux tenta de me tuer.

Vous voyez, c'est tellement absurde que vous riez. Il y a dans la mort par enjoliveur un côté grotesque qui dépouille ce drame de toute profondeur et transforme vos derniers instants en objet de risée.

J'ai lu un jour l'histoire d'une femme qui se promenait dans la 45ᵉ Rue, à New York. Elle marchait tranquillement lorsqu'un bloc de climatisation lui est tombé dessus du cinquantième étage – droit sur la tête, la tuant sur le coup. Comment ne pas en rire ? Qu'était censée dire sa pauvre famille à ses obsèques ? Lorsqu'on demandait à ses enfants de quoi leur mère était morte, comment pouvaient-ils décrire un moment pareil en gardant leur sérieux ?

Mais la mort reste la mort, même à cinq ans, âge auquel j'ai subi cette tentative d'assassinat caractérisée. J'ai failli être un de ces pauvres petits fauchés accidentellement – n'était l'enjoliveur, qui aurait privé ma courte et adorable vie de toute dignité. J'étais un enfant gentil, je me tenais bien, comme on dit, j'étais doué à l'école (où je venais d'entrer), en maternelle chez Mme Lackman, et si je n'avais pas encore accompli de hauts faits, j'avais déjà vécu quantité de petites aventures délicieuses, autant d'anecdotes qui auraient été instantanément englouties par l'absurdité des circonstances de mon trépas. À l'évocation de cette tragédie, les femmes auraient dissimulé leurs ricanements derrière une main gantée – quel gâchis, tout de même, quand on pense au charmant jeune homme qu'il serait devenu, et cetera.

D'un autre côté, mes forfaits auraient été promptement oubliés, comme la fois où j'avais volé un paquet de Wint-O-Green LifeSavers à la supérette, méfait découvert par ma mère à l'instant où j'étais remonté en voiture, puisque je m'étais empressé de lui offrir un bonbon. Elle m'avait fait retourner au magasin, seul, afin d'y trouver M. Straub, le gérant, et de tout lui avouer. Je m'étais exécuté, pour fondre en sanglots devant les portes à battants, ayant à peine posé un pied sur le carrelage jonché de sciure. À l'époque, on fumait dans les épiceries, aussi mes larmes s'étaient-elles mêlées à la poussière de bois et aux mégots, tandis que je cherchais à contrecœur M. Straub, jusqu'au moment où Bertha Townes était venue me demander ce qui m'arrivait. Ma confession s'était déversée comme les chutes du Niagara, et Bertha s'était empressée de fouiller dans son sac à main pour en extraire une pièce de cinq cents. J'avais arrêté de pleurer, m'étais rendu à la caisse, où j'avais tendu l'argent à la jeune fille pour payer les LifeSavers, avant de quitter la boutique, triomphant.

De toute manière, ma mère était mal placée pour monter sur ses grands chevaux. Je l'avais vue manger une énorme grappe de raisin, déambulant dans les rayons à la recherche de morceaux de viande en promotion, et fumant frénétiquement avant d'écraser sa cigarette par terre.

Si j'avais dû être tué, disons, par un criminel en cavale, personne ne se serait rappelé la scène des bonbons. En ce temps-là, et ce n'est pas une blague, Charles Manson habitait au bout de la rue, dans ce qui était alors une maison de correction pour garçons. S'il m'avait assassiné, eh bien, ç'aurait été une tout autre histoire, n'est-ce pas ?

Mais je n'ai pas eu l'occasion de pénétrer dans le royaume du crime aux mains du plus redoutable tueur du siècle. Pour tout dire, quand j'ai failli me faire occire par l'enjoliveur, personne ne s'en est rendu compte.

J'ai grandi en un temps où les enfants avaient tout simplement moins d'importance que les adultes. Ma mère m'a dit une fois que j'étais un si beau bébé que je lui faisais peur et qu'elle n'avait pu se résoudre à me prendre dans ses bras avant un an. En ce temps-là, on ne s'embarrassait pas plus de leçons d'équitation que de gymnastique, et on n'était pas inscrits au base-ball parce que les matchs étaient programmés à l'heure du sacro-saint dîner – sept heures et demie. Non, mon frère et moi vivions alors dans un monde isolé de sauvages pyromanes lanceurs de mottes de terre, dont la seule concession aux usages du monde était de se présenter à l'heure pour le dîner, sans même se laver les mains – concession qui, dans son ensemble, n'était pas très reconnue. Une bombe atomique aurait pu nous tomber dessus sans que nos parents s'inquiètent, du moment que ce n'était pas à sept heures et demie. À l'époque, bon nombre de gens vivaient dans la peur panique d'une offensive nucléaire et faisaient des réserves d'eau, de conserves et de produits lyophilisés – du Tang et autres gaufrettes fourrées – dans leurs sous-sols lugubres en parpaings, mais même cette terreur n'était rien en comparaison de celle de ne pas être assis sur ma chaise à l'instant où ma mère s'écriait : « À table! » S'il arrivait qu'un de mes amis vienne dormir à la maison, son estomac criait famine dès six heures (il était de notoriété universelle que les gens ordinaires, c'est-à-dire la terre entière à part nous, dînaient à cinq heures), pourtant il fallait que mon invité tienne bon jusqu'à la fin des cocktails. Qui duraient. Et duraient. Sans le moindre amuse-gueule. Je n'ai jamais vu chez moi l'ombre de Fritos ou d'un Oreo. Ou même d'un Coca-Cola. Ce que ma mère qualifiait de « hors-d'œuvre » se résumait à du pop-corn, que j'avais pour mission de confectionner, dans un vieux pot en aluminium cabossé. Je l'apportais ensuite dans le salon, où les adultes se jetaient dessus comme sur du caviar beluga tout juste arrivé de Russie.

Par ce matin givré de février, mon entrevue avec la mort fut à peine remarquée, et ses rebondissements secrets ne devaient m'apparaître que des décennies plus tard. Or j'imagine que c'est précisément ce qui nous intéresse ici, si vous êtes prêts à traverser d'abord l'hiver glacial de mon anecdote bucolique. Les rebondissements, donc. *Un* rebondissement, pour être précis, aussi scintillant que l'enjoliveur de la Buick 1943 de ma grand-mère. Comme pratiquement toutes les Buick, cette voiture avait été dessinée par Harley Earl, un authentique visionnaire, qui plus est bel homme, et dévoué. C'est lui qui a inventé le moulage en argile et dessiné celle qu'on allait connaître sous le nom de Corvette.

La Buick de ma grand-mère avait dix ans, et son moteur était loin de ronronner comme un chat, contrairement aux promesses de Harley. Dans cette voiture, on étouffait de chaleur en été, et, l'hiver, on y était congelé. Le noir étincelant de sa carrosserie avait tourné au gris cendre maladif, et il y avait fort à parier que ses rouages n'étaient pas plus beaux à voir. Ses enjoliveurs, en revanche, grâce à la diligente attention de mon frère et de moi-même, miroitaient comme à leur sortie d'usine, publicités tournoyantes pour la prestigieuse voiture américaine de Harley. Et avec ses presque deux tonnes, c'était une bête conséquente. J'avais cinq ans, ce qui en faisait soixante-cinq à ma grand-mère. Nell était veuve depuis un an, et destinée à le rester trente de plus.

C'était une dame robuste et élégante, qui buvait son thé dans un service à motifs de violettes, d'une porcelaine si fine que la lumière de l'après-midi la traversait lorsque ma grand-mère portait la tasse à ses lèvres, avant de la reposer, tachée de rouge, sur la soucoupe. Nell faisait tout elle-même. Le matin, debout de bonne heure, elle sortait de son lit à baldaquin, enfilait sa robe de chambre, puis descendait l'escalier raide jusqu'à la cuisine pour se préparer un petit déjeuner complet – des œufs, du bacon, du pain grillé et de la marmelade qu'elle confectionnait avec des oranges particulières qu'on trouvait seulement pendant quelques jours de l'été. Elle déposait ensuite le tout, et sa plus belle vaisselle, sur un plateau pliant qu'elle remontait à l'étage pour savourer son festin au lit. Sans oublier un bol de muesli, nappé d'un fromage blanc si épais que la cuillère tenait dedans à la verticale, que venait lui livrer chaque semaine une fermière du coin, en même temps que le beurre et les œufs. Puis, ma grand-mère se levait, s'habillait et redescendait le plateau dans sa cuisine minuscule, où chaque pièce de porcelaine était méticuleusement lavée, chaque poêlon en fonte récuré. Enfin, elle prenait son petit tabouret, ses gants de jardinage, une hachette, et sortait accomplir cette tâche sans fin, défricher les cinq hectares qui entouraient la maison. Mon grand-père, médecin de campagne, et Nell avaient acheté cet endroit pour deux mille cinq cents dollars en 1931. La maison, alors perdue au milieu de broussailles impénétrables, comportait seulement deux pièces habitables, l'une servant de cuisine et de chambre, l'autre de fumoir à jambons. Hachette en main, ma grand-mère consacrerait le restant de ses jours à faire surgir de cette jungle un cottage anglais, avec fauteuils tapissés de chintz et rideaux de voile auxquels j'avais la fâcheuse habitude de mettre le feu, lorsque l'angoisse était trop forte.

C'est Docteur Bob, mon grand-père, qui avait appris à fumer des cigarettes à sa chère épouse, dans le simple but de la retenir à table une dizaine de minutes de plus, alors qu'elle n'avait qu'une hâte : se précipiter au-dehors avec sa hachette.

Je l'ai entendue dire un jour : « On ne coupe jamais trop. » Elle aimait sincèrement Bob, qui était son cousin – issu de germain, inutile de vous mettre dans tous vos états – et qui, au retour de la guerre hispano-américaine, avait courtisé à la fois Nell et sa mère, pour finalement épouser la première alors que tout le monde l'avait cru à l'agonie (il avait contracté la typhoïde). Il avait ainsi causé entre Nell et Sally Page, sa mère aux yeux violets, une brouille qui ne s'était jamais réellement apaisée. Il avait transformé la jeune élue en femme d'intérieur et bûcheronne heureuse de son sort, et lui avait fait deux filles (dont l'une était ma mère). Quant à la mère de Nell, elle était devenue une beauté aigrie et une voyageuse insatiable, jusqu'au jour où, dans son grand âge, elle avait débarqué chez sa fille et son gendre sans crier gare pour leur empoisonner l'existence. Puis elle était morte, et Bob à son tour – je le revois, dans son pyjama rayé, emmené sur un brancard, laissant là

Nell avec sur les bras une maison bicentenaire menaçant de s'écrouler à tout instant, une Buick 1943 et une addiction à la cigarette qu'elle entretint jusqu'à ses quatre-vingt-six ans, âge auquel elle arrêta net de fumer, nous avouant, un beau jour, qu'elle s'était sentie un peu essoufflée en arrachant de mauvaises herbes dans le jardin et avait décidé qu'il était temps d'abandonner cette habitude, après cinquante années de fidélité aux Marlboro Rouge. Elle avait certains principes sur le sujet. Ne jamais fumer en faisant autre chose. Si l'on était absorbé dans Dickens ou Trollope (les seuls auteurs qu'elle ait jamais lus – et qu'elle relisait inlassablement, reprenant Trollope au début lorsqu'elle arrivait à la fin de Dickens) et qu'on avait envie d'une cigarette, il convenait de poser complètement *Le Directeur*, de fumer sa cigarette, et ensuite seulement de revenir à sa lecture. C'est pourquoi elle ne terminait que le mercredi les mots croisés du *Times* du dimanche.

Elle fumait superbement. Pas avec cet air de repris de justice, subreptice et frénétique, qu'on observe chez beaucoup de fumeurs de nos jours, comme s'ils étaient en train de commettre un crime. Elle exhalait un plaisir profond, voluptueux et dévorant, celui de la vraie sensuelle, et la fumée flottait encore dans l'air bien longtemps après qu'elle avait écrasé sa cigarette dans son cendrier en cuivre.

Après la mort de son cher mari, il ne lui restait plus que deux amours : sa demeure branlante, qui ne tenait que par des morceaux de ficelle et de la colle Duco, et sa Buick vieillissante. Nous vivions avec elle, car à mesure que la maladie de Bob s'était aggravée, Nell avait décidé que la maison était trop grande pour qu'elle puisse l'entretenir seule, aussi nous avait-elle ordonné, à mon père, ma mère, mon frère, ma sœur et moi, de nous installer chez elle. Ce que nous avions fait, après quelques aménagements. Les lieux furent reconfigurés afin d'avoir tout en double. Deux portes d'entrée, deux salons, deux salles à manger, deux escaliers menant à l'étage – deux maisons complètes entassées dans un vieux cottage en pierre, entièrement isolées l'une de l'autre.

Ma grand-mère n'ayant aucune intention de vivre avec sa famille et n'étant nullement passionnée par les enfants, les deux appartements étaient maintenus hermétiquement séparés. Si je désirais lui rendre visite, à elle que j'adorais plus que qui que ce soit au monde – le simple fait de la regarder fumer vous faisait pénétrer dans un univers de douceur et de bonté indicibles –, je devais frapper à la porte et attendre que sa voix impérieuse m'invite à entrer.

Elle obtenait toujours la meilleure place pour se garer, en haut de l'allée, la

Buick tournée vers le vallon, car la machine de Harley Earl montrait une certaine réticence à démarrer, surtout par temps froid. Il fallait donc la pousser en roue libre, un pied sur l'embrayage, puis relâcher la pédale à mi-pente pour faire partir le moteur dans une grande détonation. À soixante-cinq ans, ma grand-mère était devenue une experte en démarrage sauvage. Comme la plupart des personnes âgées, elle redoutait plus que tout de se voir retirer son droit sacré à la conduite ; pour elle, ç'aurait été l'avènement d'une vie de recluse, en liseuse, avec fracture du col du fémur à la clef, puis la mort. Aussi tout ce qui lui procurait l'illusion d'un certain savoir en matière d'automobile lui emplissait-il le cœur d'une allégresse juvénile. Il lui suffisait de démarrer sa fifille en descente pour se sentir en pleine forme.

Elle était solide, et pas vraiment une gravure de mode, toutefois elle avait une allure unique. Elle était capable d'abattre un arbre, de tordre le cou à un poulet pour le déjeuner du dimanche et de citer Dickens de tête. Elle avait dû se sentir seule plus d'une fois, mais jamais elle ne mendia d'affection. Elle vagabondait dans la forêt, m'emmenant souvent avec elle pour en rapporter de ravissants morceaux de bois, de l'écorce ou des baies à partir desquels elle construisait minutieusement des crèches fascinantes, avec de petites figurines de la Vierge et de l'Enfant, mais aussi tous les autres, Rois mages, anges, animaux compris. Elle les vêtait d'habits somptueux en velours et soie, décorés de sequins et de ganse dorée en zigzag qu'elle fixait avec de la colle Duco, s'affairant jusque tard dans la nuit à la table de bridge dans sa chambre, non loin du feu qui luttait continuellement pour repousser le froid régnant dans la maison. Elle vendait ses créations trois dollars pièce à la kermesse de Noël. Elle réalisait aussi des décorations, et comme elle m'avait montré ses secrets de fabrication, nous travaillions côte à côte. J'ai encore certains des ornements que j'ai confectionnés à cinq ans, et je les accroche chaque année sur mon sapin. La colle Duco, c'est du costaud.

Elle portait des gants de chevreau pour aller à l'épicerie, et des chapeaux qu'elle dessinait elle-même, d'une étrangeté indescriptible, des sortes de tricornes, toujours en feutre gris. J'aimais immensément cette femme. C'est moi qui allais la voir le plus souvent, je montais la nuit frapper à la porte de sa chambre où je la trouvais allongée dans son lit à baldaquin, en liseuse, un Dickens à la main, et je venais m'allonger près d'elle, sans vraiment parler, à regarder le feu, à écouter les pages se tourner. Parfois, elle me lisait l'histoire de la petite Nell qui avait sa préférence sur tous les autres personnages de romans, à tel point qu'à l'âge de quatre-vingt-six ans, elle décida de monter dans un avion pour la première fois de sa vie afin d'aller visiter les lieux des romans de Dickens

– la maison de la petite Dorrit, le Magasin d'antiquités, Birdcage Walk. Mon oncle et ma tante l'avaient accompagnée. Elle rentrait le soir après avoir dîné seule, épuisée par son périple dans le folklore dickensien, et lorsque le taxi la déposait devant l'hôtel, elle tendait sa paume ouverte au chauffeur afin qu'il pioche lui-même dans les pièces de monnaie le prix de sa course. Puis il lui souhaitait courtoisement bonne nuit.

Mais je m'égare. Revenons à Harley Earl et à l'enjoliveur quasi fatal qui, pour être honnête, représenta une menace plus directe pour ma grand-mère que pour moi. Mon extinction évitée de justesse fut considérée comme un dommage collatéral. C'est pourtant moi qui avais failli mourir, là où Harley avait gracieusement épargné ma grand-mère (hormis un chapeau écrabouillé et une méchante bosse sur le crâne).

Permettez-moi une autre digression. Un été, mon ami Michael et moi avions attrapé une grenouille et décidé de nous la lancer comme un ballon. Mais, rapidement, il nous sembla que l'animal ne goûtait pas la plaisanterie. Pas du tout, même. Au point qu'il mourut. À nos remords insondables succéda l'idée que nous n'avions jamais mangé de cuisses de grenouille et que nous ne pouvions rêver meilleure occasion de remédier à cette lacune. À l'aide de nos couteaux de chasse Bowie – bien le plus précieux de tout gamin américain –, nous avions tranché prestement les pattes du batracien. Et c'est alors que, dans un sursaut atroce, la grenouille s'était remise à s'agiter frénétiquement, entrant et sortant sa petite langue de sa bouche. Elle était donc vivante, du moins c'est ce que nous en avions conclu, et elle devait être sauvée. Il fallait trouver un moyen de lui raccrocher ses pattes, avant de la rendre à son habitat naturel où elle cicatriserait lentement mais sûrement, grâce aux bons soins de ses congénères, soulagées de ne pas avoir enduré un tel calvaire. Une idée lumineuse nous vint.

Nous nous étions faufilés à l'étage, dans la chambre de ma grand-mère, profitant de ce qu'elle était occupée à ses activités bénévoles à la chapelle Robert E. Lee – en résumé, rester assise dans un sous-sol glacial, face aux restes de Traveller, le fameux cheval du général Lee, car j'ai grandi dans une ville qui se glorifiait d'exposer non pas un, mais deux chevaux morts : Traveller et Little Sorrel, la monture bien-aimée du général Stonewall Jackson. Au moins ce dernier animal était-il empaillé, tandis qu'il ne restait de Traveller qu'un montage d'ossements, et sa peau proprement roulée à ses pieds.

Après nous être donc introduits dans la chambre de Nell, nous avions entrepris de recoudre les pattes de la grenouille au moyen de la vaillante machine à pédale Singer. Quoique satisfaits de notre travail, certes un peu brouillon, nous avions fini par baisser les bras, nos efforts n'ayant pas suffi à rendre sa vigueur à notre cobaye, et par relâcher la bestiole dans la crique. Puis, nous étions retournés enflammer de l'huile de moteur dans un enjoliveur, à l'abri dans notre cachette secrète.

Michael était rentré chez lui ; chez moi les cocktails étaient lancés, suivis d'un dîner que nous détestions tous, généralement servi par ma mère en fin de mois, quand elle avait dépassé le budget familial : des gaufres nappées de crème aux miettes de bœuf. Nous étions donc assis là, à pester intérieurement autour du gaufrier et du chauffe-plat en argent, quand ma grand-mère avait surgi en trombe, folle de rage, dans la salle à manger. Jamais je ne l'avais vue aussi furieuse. Elle resta plantée en silence pendant une minute entière afin de préparer son effet, puis clama en brandissant l'objet incriminé : « Il y a du sang dans ma bobine ! » avant de sortir en claquant la porte. Chez moi, il y avait toujours quelqu'un pour claquer une porte. Nous étions restés immobiles un moment, pétrifiés, avant de retourner à nos gaufres abjectes. Mes parents buvaient du bourbon à table. On n'avait plus prononcé un mot.

Voyez-vous, c'était la campagne. Le genre d'endroit où avoir du sang dans sa bobine était pour le moins inhabituel, mais pas impensable. La maison se situait à trois kilomètres de la ville, ce qui, à l'époque, équivalait dans l'esprit des gens à une journée de voyage en chariot. À l'école, on me demandait tout le temps si, chez moi, nous avions l'électricité et l'eau courante. Aller en ville impliquait aussi de faire des listes de courses, de barrer des articles et d'en ajouter d'autres, parce qu'il était impératif que la liste soit exacte car, une fois de retour, pas question d'y retourner – sauf si, pour une raison inimaginable, nous étions à court de bourbon. Chose que je n'ai jamais vue se produire de toute ma vie.

Donc, la campagne, où des événements étranges et potentiellement funestes – comme se retrouver à court de bourbon – arrivaient sans arrêt. Mon père était enseignant et, l'hiver, il se levait dans le noir pour être en classe à sept heures trente. Il empestait encore le bourbon de la veille, bien que s'étant généralement couché à vingt heures. Après un petit déjeuner à base d'œuf cru, de sauce Worcestershire et de Tabasco, suivis d'œufs brouillés et de harengs fumés, et de toutes sortes d'aliments curieux qui lui rappelaient sa mère – dont il n'avait jamais vraiment quitté la table –, il partait, me laissant sans personne pour me déposer devant l'école maternelle à neuf heures, hormis ma grand-mère. Ce qu'elle faisait toujours, même par grand froid, quand le souffle semble se cristalliser instantanément dans l'air glacial.

Ce matin-là, il y avait aussi du brouillard, et nous étions bien emmitouflés, ma grand-mère et moi. Elle avait enfilé des caoutchoucs par-dessus ses escarpins en daim gris. Nous avions remonté le sentier pavé de briques jusqu'aux voitures, en glissant un peu malgré le salage effectué par mon frère. Après avoir contourné la Hillman Minx, qui ne redémarrerait qu'au dégel printanier, nous avions rejoint la Buick d'un pas prudent. Les poignées des portières étaient figées. J'étais retourné à la maison chercher une cafetière d'eau chaude en ricochant sur le verglas, puis nous avions finalement réussi à monter à bord de la bête, et c'était comme se retrouver dans une grotte de glace, à cause du givre sur les vitres. Ma grand-mère était ressortie gratter et gratter, en laissant le pare-brise arrière intact, et j'adorais ça car, une fois en route, je pouvais regarder les cristaux fondre sous l'assaut du soleil et du chauffage de la voiture.

Le problème était toutefois de *se mettre* en route. Ma grand-mère avait fait tourner la clef, et il ne s'était rien passé. Pas un ronronnement, pas un déclic, le moteur de cent sept chevaux était resté désespérément muet. C'était si fréquent que Nell ne s'en était pas émue le moins du monde. Elle s'était extirpée de la voiture pour aller à l'arrière pousser l'aile gauche. L'engin avait fini par s'ébranler, les roues avaient tourné lentement, et le monstre avait progressé de quelques mètres. Ma grand-mère s'était mise à courir avec l'idée de se jeter sur son siège et de faire démarrer le moteur en descente. C'est alors que tout avait basculé – merci Harley.

Nell avait dérapé sur la glace, et s'était bruyamment cogné la tête contre l'enjoliveur fatal, s'assommant net. Les bras en croix sur le gravier gelé, elle ne pouvait plus rien faire pour retenir les deux tonnes de métal et le garçonnet de cinq ans qui s'engageaient désormais sur une pente abrupte.

Avec Miss Nell allongée là, aplatie comme un maquereau sur le tarmac, je n'avais aucune idée de ce que j'étais censé faire. Je savais que c'était le volant qui dirigeait la voiture, mais j'ignorais comment. Je savais qu'il y avait trois pédales et qu'elles avaient une utilité, mais j'ignorais laquelle, et de toute manière je ne pouvais les atteindre. Maintenant, debout entre le siège conducteur et le volant que je tournais comme un forcené, j'écrasais les pédales successivement – une agitation sans aucun effet, si ce n'est que je sentais la voiture prendre de la vitesse et se déporter indiscutablement vers la rambarde métallique séparant la route du fossé qui descendait jusqu'à la crique. Enfin, pour être exact, il descendait jusqu'à la falaise qui bordait la crique et promettait une chute de quatre mètres de hauteur avant d'atteindre l'eau remuante et glacée. La pente était très rocailleuse, deux des enjoliveurs avaient sauté, et la voiture n'arrêtait pas de rebondir, m'envoyant voltiger dans l'habitacle. J'avais rapidement lâché le volant pour me retrouver par terre. L'automobile avait continué à sauter, avant de heurter un monticule et de s'immobiliser dans un énorme craquement, à cheval sur le rebord de la *falaise*. Je m'étais rassis un moment, très prudemment, avant de ramper vers la portière et de m'extraire du véhicule en me hissant par la fenêtre. En contrebas s'étendait la crique, noire et glaciale, puis deux mètres de profondeur d'eau, et j'en mesurais à peine un. Si je devais finir dans l'onde tourbillonnante, le pronostic n'était pas bon. Me séparaient du chemin quinze mètres de côte hérissée de fougères et d'épineux.

C'est alors que la voiture avait bougé. Dans un ultime élan vaincu, exquisément lent, pesant et sublime, elle avait basculé, et je l'avais regardée choir en sifflant par-dessus la roche, jusque dans l'eau, qui m'éclaboussa des pieds à la tête. Mes vêtements s'étaient instantanément rigidifiés. J'avais jugé opportun de déguerpir pour rejoindre le confort de la maison. La machine de M. Harley Earl pouvait aussi bien exploser subitement, si je me fiais aux gerbes de feu que nous avions vues surgir des enjoliveurs durant toutes ces années.

Mais, bien sûr, elle n'en fit rien. Elle resta enfoncée, fumante et le nez dans l'eau, affichant la plus sinistre des défaites.

La maison me paraissait effroyablement loin. Et silencieuse. Personne ne criait mon nom. Pas un adulte pour venir m'envelopper dans une couverture, après m'avoir préparé une tasse de chocolat fumant sur la table. Je ne voyais rien d'autre qu'une longue diagonale de mauvaises herbes, chardons et autres bardanes acérées, puis la maison muette, vers laquelle je remontai vaillamment. Les plantes à travers lesquelles je me frayais un passage semblaient armées de pointes énormes qui lacéraient mon pantalon gelé et mes jambes maigres. Je finis par me mettre à pleurer. J'avais frôlé la mort. Où étaient-ils donc tous passés ? Pourquoi n'y avait-il personne pour se ruer dans le jardin, m'envelopper dans une couverture et me porter à travers ce long champ d'épines ?

Ensuite, j'avais perdu une chaussure et une chaussette. Lorsque, bien plus tard, en sang, en pleurs et transi de froid, j'avais enfin atteint la maison, j'y étais entré du côté de chez ma grand-mère, chose que je ne faisais pratiquement jamais – pour une raison ou pour une autre, j'y espérais plus de chaleur, et puis je voulais savoir ce qui lui était arrivé.

Il n'y avait pas un bruit. Pas un mouvement. Elle était peut-être morte. J'ouvris doucement la porte du salon pour me trouver face à une pietà de cire. Ma grand-mère gisait, étendue sur son sofa en chintz rose à motifs de roses cent-feuilles, une poche de glace en caoutchouc, rose aussi, sur la tête, toujours vêtue de son manteau en cachemire informe et serrant son chapeau froissé sur sa poitrine. C'est ma mère qui tenait la poche de glace. Et je notai un détail saugrenu : Tom Barrett, notre pasteur épiscopalien, était là en tenue de ville, costume et chemise noirs à col d'ecclésiastique, assis juste derrière ma mère, lui appliquant ses mains au creux du dos pour la réconforter. Aucun d'eux n'avait remarqué ma présence, jusqu'à ce que ma mère, qui détestait avoir froid, se tourne vers moi et ordonne : « Ferme la porte. » Je m'étais donc exécuté, puis m'étais planté dans la pièce, essayant d'avoir l'air aussi ensanglanté, égratigné et mourant que possible. Ma grand-mère avait enfin levé les yeux.

« Oh, mon chéri, nous étions tellement inquiets. Tu as été très courageux. »

« Monte mettre des chaussettes sèches et changer de chaussures », voilà tout ce que ma mère avait cru bon d'ajouter. Là encore, j'avais obéi, et quand j'étais redescendu de ma chambre, Tom Barrett avait disparu. Ma grand-mère s'était redressée et buvait du thé, assise sur le canapé. Le sang suintait dans mes chaussettes propres. Pourquoi n'étaient-ils pas venus me chercher ? Maman ? Pourquoi n'étais-tu pas venue ?

Après ça, il s'en était passé, des choses. Notre médecin de famille, Fred Feddeman, était venu examiner ma grand-mère, mais pas moi. Ni ce jour-là ni par la suite, personne ne prit la peine d'expliquer ce que Tom Barrett faisait là, à huit heures du matin. Un épaviste avait sorti la Buick de l'eau à l'aide d'un treuil. Mon père était rentré de l'école, le dos de sa chemise trempé de sueur alors qu'il faisait dix degrés dehors. Puis, comme tous les jours, il avait fait la sieste. Ensuite était arrivée l'heure des cocktails. J'avais changé de chaussettes, encore et encore, jusqu'à ce que mon pied cesse de saigner. Les égratignures sur mes jambes me brûlaient atrocement. Personne ne s'y était intéressé une seule seconde. Avant le dîner, j'avais pris un bain. Lorsque j'en étais ressorti, l'eau était rose. Seul mon frère avait souhaité entendre mon histoire en boucle, voir la scène de l'accident même si la voiture avait été remorquée depuis longtemps, toute dégoulinante, jusqu'à la casse. Lui au moins avait examiné chacune de mes balafres et m'avait enveloppé les jambes de bandages de gaze, tellement serrés que j'aurais pu mourir de la gangrène.

Et ce fut tout. Une histoire vécue par ma grand-mère lors d'une froide journée d'hiver. Mais pas par moi, car jamais il ne fut question de moi. Je n'étais qu'un détail apparu après les faits, nullement un acteur. Pendant plusieurs années, ensuite, lorsque nous allions à la plage et que mes jambes bronzaient, les cicatrices réapparaissaient, tels des fantômes, et retraçaient sur ma peau le canevas de cette longue marche transie jusqu'à la maison. Personne ne l'évoquerait jamais. De même que ne fut jamais mentionnée la présence de Tom Barrett chez nous, si tôt le matin, sa grosse main posée sur les reins de ma mère.

Jusqu'à cette belle journée d'été, peu de temps après la disparition de ma grand-mère. Mes cours à l'université étaient terminés et j'étais revenu passer les vacances chez moi, quand nous avions appris que Tom Barrett, depuis longtemps retraité de ses obligations cléricales, était mort.

C'était une triste nouvelle. Il était très apprécié et hautement respecté. C'était un bon pasteur, éloquent, doublé d'un peintre amateur talentueux et d'un dramaturge – c'est lui qui écrivait le spectacle de Noël, tous les ans. Aussi tout le monde se sentait-il mélancolique, ma mère plus que quiconque, qui sombra dans un état de catatonie dont rien ne semblait pouvoir la sortir. À l'époque, elle buvait maladivement, et elle avait en permanence cette expression typique des alcooliques – l'air sur le point de se faire arrêter pour un crime qu'ils ont commis, mais duquel ils ne gardent pas le moindre souvenir.

Néanmoins, elle s'était suffisamment ressaisie pour rendre visite à la famille du défunt, son épouse Marjorie et leurs deux enfants, et ensemble ils avaient raconté en s'esclaffant de merveilleuses anecdotes au sujet de Tom, ce qui leur avait permis de tenir la demi-heure requise. Dans les États du Sud, on voit verser plus de larmes à un mariage qu'à un enterrement, et la scène n'avait pas fait exception. Les rires allaient bon train. Tout était drôle, et jamais on ne citait la mort. Dans ce dernier hommage à Tom, tout fut simplement divin, depuis le cake au jambon jusqu'aux glaïeuls, que ma mère avait secrètement en horreur.

Nous étions rentrés à la maison pour dîner, épuisés et silencieux. Avec Tom, quelque chose s'en était allé, une époque, une tendresse pour le vieux livre de prières anglican. Désormais, il y avait des hippies dans le chœur, qui prônaient en chaire l'accomplissement personnel et organisaient des concerts de tambourins dans le sanctuaire. Nous étions soulagés que Tom soit mort avant d'assister à cela, et même cette fatalité était empreinte d'une certaine joie.

Après le repas, assis au salon, nous avions lu comme de coutume, avec mon père qui remplissait sans arrêt les verres, jusqu'au moment où il était monté se coucher en titubant, ratant comme à son habitude la deuxième marche – telle une petite mouette blessée, ainsi que le surnommait ma mère qui progressait laborieusement dans l'œuvre de Margaret Atwood.

Tout avait disparu. Miss Nell était morte. Son salon était devenu la cuisine de ma mère. On entrait et sortait librement par n'importe quelle porte. Son jardin, qu'elle avait si soigneusement entretenu pendant soixante ans, n'était plus qu'un champ de varech et de ruines, ma mère n'ayant plus la force ni l'énergie de s'en occuper. Celle-ci avait éloigné progressivement les rosiers de la maison, afin qu'ils profitent du soleil, prétendait-elle, jusqu'au jour où ils s'étaient retrouvés si loin que nous avions oublié jusqu'à leur existence ; comme tout le reste, ils avaient été étouffés par la nature sauvage qui reprenait ses droits. La pervenche tueuse avait recouvert mon repaire secret. La plante parasite dévorait désormais mes enjoliveurs et mes magazines cochons.

Et pourtant nous étions assis là, à nous bourrer la gueule en lisant Atwood ou Pynchon, persuadés que rien n'avait changé, et priant du fond du cœur pour qu'il en soit ainsi jusqu'à la fin de nos jours.

Je bâillais. La journée avait été longue. J'avais annoncé que j'allais me coucher. Ma mère avait rouvert son livre pour en sortir un papier plié qu'elle m'avait tendu en disant : « Lis ça avant de te coucher, puis détruis-le. Nous n'en parlerons pas. Jamais. »

J'avais pris la feuille et embrassé ma mère sur la joue. Elle allait boire et lire jusqu'à l'aube. Certains soirs, elle s'endormait dans son fauteuil. Et, chose assez curieuse, elle se rappelait tout ce qu'elle avait lu.

J'avais réussi à regagner l'étage sans tomber dans l'escalier, fier de ne pas être comme mon père, et m'étais préparé à me coucher. Avant d'éteindre la lumière, j'avais ouvert le mot de ma mère.

Au recto, elle avait écrit : « Top secret » – il faut dire qu'on était en plein Watergate – avec deux yeux de Betty Boop dotés d'énormes pupilles et de très longs cils. En dépliant le papier, j'avais trouvé une seule phrase : « Au cas où tu te demanderais pourquoi j'étais toujours si triste, c'est parce que j'étais amoureuse de Tom Barrett depuis tes quatre ans. »

Il ne faut pas grand-chose pour faire exploser votre univers. Découvrir à trente ans que ma mère, que j'avais toujours vue saccager systématiquement sa propre existence avant de s'attaquer à celles de ses proches, avait jadis connu l'amour, le réconfort et la passion dans les bras de Tom Barrett, alors que je traînais dehors à récolter de l'huile de moteur ou à me faire égratigner les jambes par les ronces, eh bien, cela avait tout changé. À une époque, elle avait possédé tout ce qu'elle désirait, puis, pour des raisons que j'ignorerais jusqu'à ma mort puisque nous avions convenu de ne jamais en parler – comme de tout le reste, dans cette famille –, elle l'avait perdu, et depuis tout était anéanti.

Cette idée m'avait donné envie de sortir de mon lit, de me rhabiller et de redescendre au salon. Là, j'aurais pris son livre des mains de ma mère, je l'aurais fait se lever, et j'aurais dansé avec elle. Simplement pour qu'elle se sente de nouveau aimée. Mais ce n'étaient pas mes bras dont elle voulait éprouver l'étreinte. La valse à laquelle elle rêvait, elle l'attendrait à jamais. L'instant s'évertuerait à lui échapper, à l'infini, et alors le malheur irait en empirant, jusqu'à tout engloutir. Et alors, peut-être que, si l'enlèvement de l'Église advenait et que nous devions tous monter au ciel dans la Joie éternelle, ma mère pourrait de nouveau danser la valse avec l'homme qu'elle aimait, et ne plus avoir l'air si triste. Peut-être sortirait-elle en courant de la maison pour m'envelopper dans une couverture et me serrer dans ses bras, en me demandant où j'avais mal. Oui, c'était possible.

Du même auteur :

Une femme simple et honnête
Éditions Anne Carrière, 2009 ;
« 10/18 », 2016.

Féroces
Éditions Anne Carrière, 2010 ;
« 10/18 », 2016.

Arrive un vagabond
Éditions Anne Carrière, 2012,
Grand Prix des lectrices de Elle 2013 ;
« 10/18 », 2016.

La Chute des princes
Éditions Anne Carrière, 2014,
Prix Fitzgerald 2015 ; « 10/18 », 2016.

Mis en pages par Sébastien Cerdelli,
cet ouvrage a été achevé d'imprimer
par Clerc, à Saint-Amand-Montrond
pour le compte de S. N. Éditions Anne Carrière,
39, rue des Mathurins – 75008 Paris,
en avril 2016.

Imprimé en France
Dépôt légal : mai 2016
N° édition : 806 – N° impression : 14326